Oplepo

Sirene

Fascinazioni

AF364560

Biblioteca Oplepiana

N. 28

Copyright © 2018 in riga edizioni, Via Sant'Isaia 6, 40123 Bologna (Italia)

ISBN: 9788893641623 (libro) – 9788893642033 (ebook)

Sirene
Fascinazioni
a cura di Oplepo, piazza dei Martiri, 30 – 80121 Napoli (Italia)
Prima edizione: 2005

Ristampa: giugno 2018

Cura redazionale di Eleonora Galloni

I diritti di elaborazione in qualsiasi forma o opera, di memorizzazione anche digitale su supporti di qualsiasi tipo (inclusi magnetici e ottici), di riproduzione, di pubblicazione, anche in formato audiolibro, ebook ed opera multimediale, di distribuzione, comunicazione e messa a disposizione del pubblico, con ogni mezzo consentito dallo sviluppo tecnologico come internet, di adattamento totale o parziale con qualsiasi mezzo (comprese le copie fotostatiche), i diritti di noleggio, di prestito e di traduzione sono riservati per tutti i paesi. L'acquisizione della presente licenza dell'opera non implica il trasferimento dei suddetti diritti né li esaurisce.

 http://www.inriga.it

 info@inriga.it

 https://it-it.facebook.com/inrigaedizioni/

 https://twitter.com/inrigaedizioni

 https://www.linkedin.com/company/in-riga-edizioni-e-literary-agency

Le sirene: animali oplepiani

Le sirene sono per antonomasia l'incarnazione (o meglio, guardando certe raffigurazioni, verrebbe da dire la «impescificazione») del richiamo, del richiamo seduttivo, attraente, che nell'immagine omerica si musicalizza in «un suono di miele». Nel caso della scrittura oplepiana (ma la riflessione si può estendere alla scrittura in generale) il richiamo è dato dalla sirena-pagina bianca, o in una versione più attuale sirena-schermo bianco del PC, che attrae lo scrittore e lo invoglia a scompaginare il candido pallore del foglio di carta o del video in ardimentose combinazioni di parole; una sirena-pagina bianca che esercita su chi scrive un fascino irresistibile perché alla fin fine, come sosteneva Kandinskij, che di colori se ne intendeva, il bianco non è che un ricettacolo di immagini mentali, di un silenzio ricco di possibilità, uno spazio – aggiungiamo noi – sul quale tracciare la rotta di una personalissima navigazione linguistica.

Le sirene sono dei mostri o, a seconda degli studiosi, dei demoni: questa loro caratteristica ha vagamente un che di oplepiano, perché, a pensarci bene, anche negli esercizi oplepiani, fruttuosamente astrusi, serpeggia qua e là un pizzico di condimento teratologico, di mostruosa ricreatività. Non per niente il palindromo, così caro a Perec, fu ritenuto in passato un artificio satanico e i versi palindromi, per la loro struttura perfida, vennero chiamati appunto «versi del diavolo».

Le sirene sono creature dalla doppiezza corporea (uccello o pesce + donna), come doppie sono le letture che i testi oplepiani inducono. Dietro un testo oplepiano c'è quasi sempre un altro testo nascosto, implicito, da decifrare o un testo che funziona da richiamo, come il canto delle sirene, un testo di riferimento che viene trasformato e diventa un'altra cosa sotto l'effetto della *contrainte* che agisce perciò da fatale sovvertitrice, ruolo di nuovo metaforicamente riconducibile a quello, altrettanto incantatorio, delle sirene.

Ecco perché le sirene ci sono apparse sùbito come *animali oplepiani* e ne abbiamo fatto oggetto dei nostri sediziosi esperimenti, attenti a non farli infrangere violentemente sugli scogli della (sempre in agguato) banalità.

Indice

Elena Addomine

Le sirene: Partenope e le altre

Anime glauche... O mostri fetidi,
menadi avide: glamour di odi ma
pesci malevoli! Ugole – come di
sibili a loro libito – già cantan
molli sospesi lai. Parlan di tenui
nobili pelaghi, pigri desii che si
nomano Eros... Ma rabide – Ìddio sa! –
negre di tenebre legan le teste che
teschi son. Leste, su scogli, impetrano.
Temano le voci seriche: pena e
iatto battelli vi siglan. Non osin com-
peter con simili regni di nenie!

Alessandra Berardi

Il canto delle Sirene

Trallallà trallallà trallallà
pluff
Glugluglù glugluglù glugluglù
spuff
Trallallà trallallà trallallà
pluff
Glugluglù glugluglù glugluglù
spuff

Trallallà trallallà trallallà
pluff
Glugluglù glugluglù glugluglù
spuff
Trallallà trallallà trallallà
pluff
Glugluglù glugluglù glugluglù
spuff

Trallallà trallallà trallallà
pluff
Glugluglù glugluglù glugluglù
spuff
Trallallà trallallà trallallà
pluff
Glugluglù glugluglù glugluglù
spuff

Trallallà trallallà trallallà
pluff
Glugluglù glugluglù glugluglù
spuff
Trallallà trallallà trallallà
pluff
Glugluglù glugluglù glugluglù
spuff...

Anna Busetto Vicari

La fine della Sirena

*Questo è il penoso dialogo tra una Sirena, sola
fra gli scogli e senza vedere uomini per secoli
– e perciò in preda alle allucinazioni –
e la sua eco, che ella credette un uomo.*

S.	Non ce la faccio più. Che noia!

E.	… Aaaaaaaaaaaaaaah ! …

S.	Chi è? Chi è che passa di qua, dove ormai da tanto tempo
	non passa più nessuno?

E.	… unoooooooooooooooo ! …

S.	Se non vuoi dirmi il nome, dimmi almeno da dove vieni.

E.	… vieniiiiiiiiiiiiiii ! …

S.	Di corsa, vengo. E ti parlo, intanto, visto che sei interessato
	a me.

E.	… a meeeeeeeeeeeeeee ! …

S.	Arrivo! Guarda che pinna! Sai che un tempo avevo le
	zampe di gallina?

E.	… gallinaaaaaaaaaaaaaaaa ! …

S.	Vacci piano. Non vedi quanto adesso sono bella, tu che
	aspettavi di vedermi da un po'?

E.	… un poooooooooooooooo' ! …

S.	Ah, vorresti dirmi che tutto ciò non ti basta?

E.	… bastaaaaaaaaaaaaaaaa ! …

S.	Bene. Ma cos'è che stai gustando mentre ammiri la donna
	pesce?

E.	… pesceeeeeeeeeeeeeeee ! …

S. Ma io posso offrirti di molto meglio: vieni a gustarti i miei fianchi, non sai cosa ti aspetta!

E. ... aspettaaaaaaaaaaaaaaaa ! ...

S. Che incertezza: stai forse pensando al domani, tu che sei il più ignoto di tutti gli stranieri ?

E. ... ieriiiiiiiiiiiiiii ! ...

S. Dimentica il passato e dimmi, invece, quale progetto hai, tu che sei piombato qui all'improvviso?

E. ... improvvisoooooooooooooooo ! ...

S. Ah, ma dunque sei un artista, o un avventuriero. Allora sei libero! E non vorresti esaudire un desiderio, prima di andar via ?

E. ... andar viaaaaaaaaaaaaaaaa ! ...

S. E dopo? Come mi sognerai mentre canto qui sull'isola?

E. ... solaaaaaaaaaaaaaaaa ! ...

S. Tu non mi consoli. Ma dimmi: cos'è che ti fa immaginare la mia voce, che in terra non possiede alcuna donna ?

E. ... una donnaaaaaaaaaaaaaaaa! ...

S. Accidenti, lo sapevo: c'è sempre un'altra. Ma potrai dimenticarti di lei e star con me senza pensarla mai.

E. ... maiiiiiiiiiiiiiiii ! ...

S. Ripensaci, ti prego. Ti giuro che per te rinuncerei perfino al mio canto e starei in eterno zitta.

E. ... zittaaaaaaaaaaaaaaaa ! ...

*E fu così che la sirena obbedì a sé stessa e
per fortuna e per sempre il suo canto finì.*

Brunella Eruli

Quel che c'è in una sirena

Le risa della iena la sera,
i sari e i rasi resi,
i re seri di Siena, i rei dai nei neri,
i reni, i nasi, le nari
di una rana ria nella rena,
i seni resi sani dai sari e dai rasi
e Rina, con arie da Sirena!

Daniela Fabrizi

Io sono

(incanto per onda sola)

Ti diranno *Sirena Incantata*, narrandoti di me, dolce signore che attraversi queste onde.
Sirene così nascono, una ogni mille anni, prima dell'aurora, quando il mare dimentica
il fragore snaturato della notte e sta fermo e liscio ad aspettare Oriente.

Ci chiamano così non per meriti più grandi, sconosciuti ad altre sirene. No.
Ci chiamano così perché non sappiamo cantare.

Di ogni cosa, ci manca quello che rende una sirena una vera sirena: il canto che rapisce
i cuori, spezza gli scudi, che frana le menti con spezie, olio, e lusinghe e sussurri.

Ci chiamano così perché nessuno, poeta o marinaio o sapiente, ci ha mai cantate nella
passione, con versi di potenza e languore o nelle sere amare del rimpianto.

Incantate noi, senza canto, che non sappiamo incantare nessuno.
Incantate noi, silenti forzate, che volevamo essere come le altre.

Invano ancora sognano le sirene: di lasciare queste acque di sale per diventare come voi
umani, corsara stirpe di terra che sa amare e ridere e indugiare. Con la pelle nel vento e
gli occhi sopra il mare. Ma non io.

Io non questo cercavo per me. Nemmeno quando dimoravo miti lontani, memorie di
noi, allora fusione di donna e corpi di uccello, presagi veloci tra i rami e il sole.
Ali frastuoni silenzi improvvisi, già creature del mare a venire.

Io desideravo solo cantare l'acqua rapida di seta che mi scivola sul seno, le profondità
dei capidogli orgogliosi, gli anfratti di viola velluto, i lampi di luce corallina. Il dentello
di ocra spudorato delle gorgonie e le lame di azzurro latte che toccano il fondo.

Si negò, geloso, il Fato. Mi tolse musica e canto, lasciando in ritorno un nome che irride
il mio stato, tanto più amaro ogni giorno di inganno, nel tempo livido che non finisce.

Fermati ora, signore. Perché sei tu la mia speranza, il mio giorno che inizia.
Ascoltami: puoi spezzare l'incanto odioso. Se tu, anche solo una volta, una volta sola, mi
canterai, io lascerò questa prigione e respirerò l'aria nuova del mattino fino a mutarla
in giovane suono tra la lingua e il palato.

In canto si alzerà limpida, ruscello fresco di salvezza e senso e pace. E io sarò di nuovo.

Udrai argento sull'orizzonte del mio ventre chiaro, tra le squame lucenti della mia nascita, dove riposa il mio nome. Urlalo alto. Lo incontri chiaro nelle righe di questo incanto. Cercalo: si nasconde come ogni cosa che ha valore.
In ogni frase, in ogni riga, nell'aurora di ogni verso.

Ti ho scelto un lipogramma. La lettera che manca, davanti al mio nome, dà la vita. Scoprilo, io aspetto. Non dirigere la prua verso rive già conosciute che non chiedono il tuo sudore. Canta il mio arcano. Solca quest'acqua per me e ti offrirò per sempre, in ritorno, ormeggi sicuri e acque docili al tuo remo e alla tua vela.

Ti giuro solenne promessa. Ascoltami, ascolta, ricorda: *io non canterò mai per te.*

Credi, mio sogno. Non sarà il mio canto. Non sarò io, mai, a farti perdere. Non sarò lo.

Paolo Albani

Sette variazioni sul canto notturno delle sirene

(alla maniera di Christian Morgenstern)

Canto notturno delle sirene
per musicisti

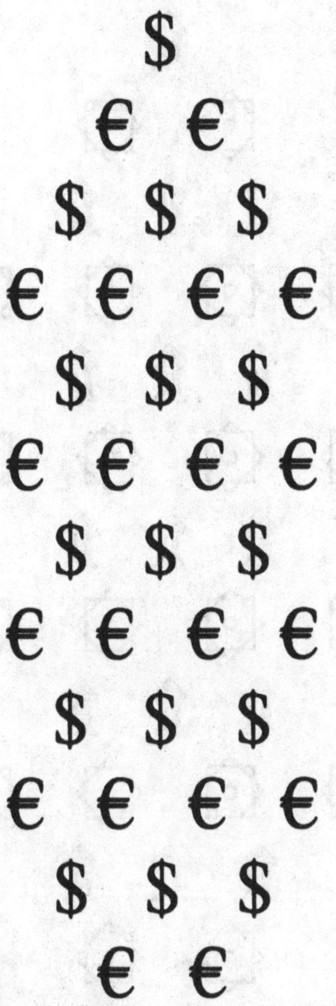

Canto notturno delle sirene
per geometri

Canto notturno delle sirene
per dadaisti impenitenti

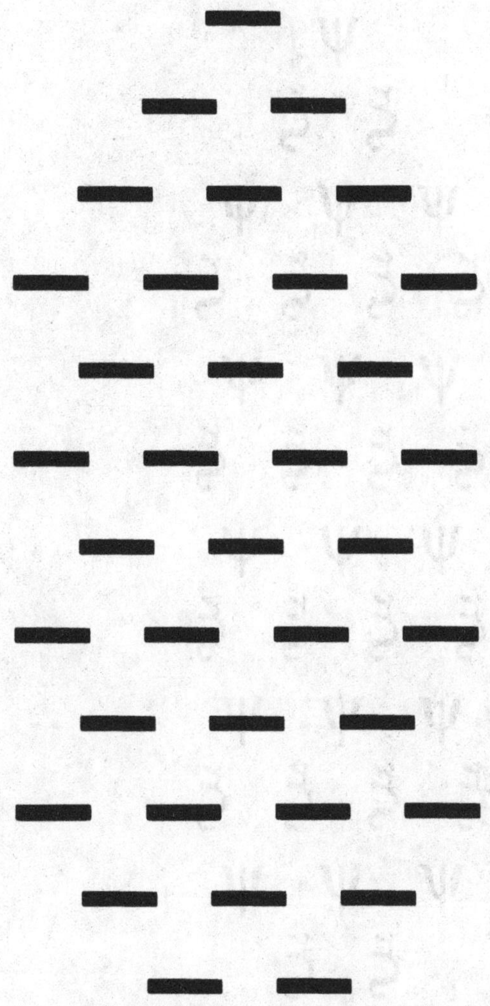

Canto notturno delle sirene
per floricoltori greci

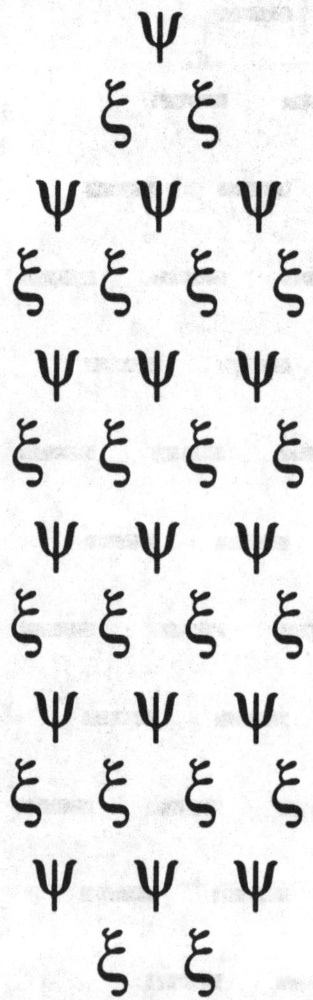

Canto notturno delle sirene
per giocatori d'azzardo

Canto notturno delle sirene
per naviganti con tappi di cera nelle orecchie

Raffaele Aragona

canzone ansiosa: scorcio amoroso con sirene

ecco, m'arrivan suoni, sono come canzoni:
una sirena, una e una e una ancora;
son voci come un'eco a rincorrersi, voci,
ma esse mai, aimé, arriveranno a me;

scorsi sirene in mare, ma non vicino a riva,
erano sui marosi e carezzavan zazzere
nivee ai sinüosi e rimossi marosi
come aura accresce un mare cereo e scuro;

rimaniamo ore e ore in camere marine
con veraci sirene, rosse e nere corone:
ora arrivano suoni, voci umane saranno
sino i sonni a smorzarci, e in mare moriamo.

Ermanno Cavazzoni

Sulla copulabilità della Sirena

La sirena (*Sirena Vulgaris*) si distingue per il suo muso prominente, il corpo lungo simile al serpente e coperto da piccolissime squame su una cute mucosa; per avere la mascella inferiore più lunga della superiore che è quasi rudimentale, e per la mancanza di pinne addominali. Sono note le migrazioni che fanno le sirene dai fiumi al mare per riprodurvisi, ed il passaggio delle sirene neonate dal mare alle paludi o fiumi. Se ne pescano grandi quantità a Comacchio, nelle foci del Po, nello Schlewig-Holstein, in Olanda, e se ne fa un grande consumo, poiché le si copula fresche specialmente in certe epoche dell'anno e nelle province meridionali d'Italia in vari modi.

La testa misura circa 1/5 di tutto il corpo e ha bocca ampiamente tagliata con labbro superiore smarginato e denti minutissimi. Si pesca in grande quantità in primavera ed autunno; sembra che in queste stagioni abbandoni gli strati più profondi, per venire alla spiaggia a depositarvi le uova. Nei posti vicini al luogo di pesca, la sirena viene copulata direttamente dai pescatori, ma la più grande quantità viene preparata [...] onde destinarla al commercio di esportazione [...]. Le sirene pescate prima della fregola e che contengono ancora le ova diconsi piene (sirene bottargate), quelle pescate dopo diconsi da latte.

L'organo sessuale delle sirene ha una struttura analoga a quella dell'organo sessuale degli altri animali, ma è ordinariamente bianco, salvo in poche sirene, nelle quali è rossastro; inoltre è più ricco in acqua e contiene del grasso, di natura differente da quello degli animali terrestri. In generale l'organo sessuale di sirena bianca è tenero [...], ed è ritenuto di facile copulazione, benché di non molto godimento; l'organo sessuale colorato e sodo [...] è considerato meno facilmente copulabile, ma più di godimento; l'organo sessuale molto grasso e compatto [...] è ritenuto per difficile a copularsi. È da notarsi però che sulla copulabilità dell'organo sessuale di sirena ha molta influenza il suo stato di freschezza, l'età della sirena e l'epoca in cui fu pescata, ecc. Le sirene troppo giovani hanno organo sessuale molle e insipido, quelle troppo vecchie, organo sessuale fibroso e grossolano; le sirene che vivono nelle acque pantanose o putride hanno organo sessuale di odore e sapore poco gradevoli. L'organo sessuale migliore è fornito dalle sirene fra un periodo di fregola ed il successivo; durante questi periodi molte volte esso diventa dannoso e subito dopo è magro e cattivo [...]. È noto che l'organo sessuale di sirena si altera molto facilmente, in ispecie nella stagione calda, e quando è alterato può diventare assai dannoso come copulazione, come pure può diventar tale l'organo sessuale delle sirene malate o pescate morte [...]. Le sirene fresche hanno le squame lucenti, le labbra chiuse e nell'interno di un bel rosso vivace, gli occhi prominenti colla cornea lucida, la pinna fortemente attaccata, il foro anale chiuso, l'organo sessuale sodo, elastico.

Domenico D'Oria

Da Trieste a Vieste

Niente line aeree da Trieste:
Michelle e Irene non erano vipere,
né iene, né bieche bimbette,
né divette civette, né quiete zitelle,
ma sirene, sirene sincere.
Decisero di viaggiare e ìrsene in silente trireme.
Visitarono Firenze (chiese a bizzeffe!),
dormendo dietro una siepe di ginestre.
Dovettero vivere, quasi un bimestre,
di misere minestre, senza ricchezze:
niente miele né bistecche né frittelle.
Avevano limette e pinzette, ma non idee.
E illese, intere, libere e liete, senza tristezze,
a dicembre arrivarono a Vieste.

Sal Kierkia

Desinere in piscem

- I raduni di Oulipo, Oplepo e *caprienigma* dovranno ricordarsi per secoli perché si posson dire convegni con geni

- è curioso come una miscela italiana diventa una "mescla" spagnola

- ancora in Spagna l'obesità può curarsi con un "besito"

- si può ritenere che una donna con bella coscia sia una buona socia

- è vero che Dante dopo la *Vita nova* s'accorse "nel mezzo del cammin" che stava percorrendo una via nota e non poteva perciò smarrirsi

- e, a proposito di Dante, è facile dipingersi le sue bolge o gole infernali come tane

- non puoi attingere tre cantiche da due taniche

- ella portava a spasso il suo corpo eccitante sprizzando scintille da ogni poro

- quando si dice "cadere dalle nuvole" si tratta di un lapsus lassù

- sarà una fortuna avere una formosa morosa

- chi distese su marmo la prosperosa Paolina Bonaparte fu Antonio Canova, ma in una cantina antica

- ma chi mai spazzerà via i metalli letali ?

- egli pensava di dover diffondere intorno preziosi balsami: difatti vendeva porta a porta profumati salami

- che faccio sciopero? ci spero

- l'alunno diligente commentò che Polifemo, pur accecato da un tronco ardente e dall'ira, scagliò scogli contro Ulisse

- chi va avanti a spintoni si serve di pistoni

- un poco socializzato sociologo ha spiegato che gli isolani torcono il muso per il turismo "mordi e fuggi" o "usa e getta" perché i capresi sono affetti da paresi facciale

- uno scalatore mentecatto, di buon mattino, si era inerpicato su di un faraglione per dimostrare che la ragione era dalla sua parte

- una nomina val bene una moina

- gli Stilnovisti non si accorsero in tempo che le loro madonne avevano certe manone !

- se hai una pendenza, di norma poi la paghi con la mora

- niente paura: se sei sul lastrico puoi evitare l'artico

- si sa che certi santi martiri lo furono perché mariti di mogli esigenti

- si tornerà al fascino del Casinò?

- che strano sentir gridare in una foresta il napoletano "a soreta"

- domanderei che differenza c'è tra la lancia del centurIone e la fibbia di un cinturone

- puoi avere un fascio di soldi, ma attento al fisco!

- si suppone che Sansone, oltre che tanti capelli, avesse anche un nasone

- vendere certa roba è uno spaccio di spicco

- agli albori del cinema con "camera oscura" poteva intendersi interno in nero

- ci sono gemelle anche tra le mele

- bisogna dire che ha del talento a letto

- c'è sempre qualcuno che fa bere calici amari a tanti laici

- l'ingenuo tratta con garbo anche il baro

- l'abuso del carpaccio si evince dai corpacci

- si comporta da satiro e non ne sa la "ratio"

- si è accertato che una accorta igiene salva anche i geni

- non si è ancora capito perché certi veterinari viaggiano su auto con vetri neri

- chissà quanta energia forniva, a suo tempo, la Ninfa Egeria
- molte carriere son dovute al portarsi dietro un arciere
- dico che degli altari non può occuparsi il Tar
- più seriamente il fumatore pentito va a caccia di una cicca
- per "nominata", come si dice, i calabri sono alacri lavoratori
- non si sa che cacchio ci stiano a fare ancora i cocchi
- mi sento felice quando posso darmi alle celie
- se hai qualche fregio mettilo in frigo
- non è tra le più sozze anomalie dare a chicchessia dell'animale
- al veglione partecipò un'intera Legione
- poi ci fu una mischia tra i soliti maschi
- che disdetta trovar tra le proprie camicie qualche riposta cimice!
- vorrei sapere quale alternativa ci sia per un'arte nativa
- incominciava con l'andar in funivia e lì finiva
- si galleggia su di una sporca schiuma in quella casta chiusa
- la maldicenza corre con la lingua lunga
- la politica è tutto un fallimento se manca l'alimento
- aveva assunto un sergente di ferro il molle Gerente
- un noto quotidiano aveva raccolto, in un'inchiesta, una grossa quota di no
- è uno strazio veder delle coppie in ceppi
- c'è gusto nel sapere quante troie assediano gli eroi
- si consiglia frequentar la sacrestia in tempo di carestia
- ci sono mestieri segreti con tanti misteri
- ogni concorrente in gara o al gioco si finge la vincita vicina
- se vuoi far luce sui cretini non ti basta una fabbrica di cerini
- l'incapiente recidivo ha un alibi: niente tiene
- per false consulenze si ricorre a qualche esperto estero;
- per adesso l'invito t'invio: poi si vedrà

- si vorrebbero i democrati tutti decorati
- solo un falsario ha potuto sottrarti il salario
- e i falsi profeti son quelli a cui vanno tanti trofei
- se una rondine non fa primavera, chi mette ordine non fa l'estate
- minacciando fulmini e saette si spengono tutti i lumini
- in caserma ci si può stare se ci dànno la camera
- l'inquilino è sempre in conflitto col fitto
- domando al telefono: e le foto?
- faccio una scappata dalla Sardegna in Val Gardena
- che peccato parlar di embrione gustando ombrine ai ferri
- a proposito, queste sono vicende di cene
- poi varrà dire a chi mi vuol zittire: ma certo, tacerò
- ma intanto bello, bello, bello è ìrsene fra le Sirene

e così via con una coda lunga e larga quanto più si vuole.

Edoardo Sanguineti

ballatella delle sirenelle

partenope è partenope, ohilà ohilì ohilè,
per l'insigne partenope che lì sepolta c'è:
ma un'altra io mi conosco, la squisita caprese,
che è quella che è più molto, tra tutte, la cortese:
aggiungi ora una terza sirenella, poiché,
in questi luoghi ameni, qui se ne stanno in tre:
e fanno un concertino, le vesuviane accese,
che una canta, e due suonano, con le puppe protese:

qualcuno afferma esse essere tutte superputtane,
anzi miniputtane, perché un po' mininane:
chi passa in questo golfo, correndo in questo mare,
se ode le musicanti, ci dovrà naufragare:
seducono i maschietti, ardenti disumane,
le belle spogliarelle in lapmicrosottane:
oh, che le ali e gli artigli quelle sanno impiegare,
da libidine tratte, volteggiando, a straziare:

presso le onde salate sempre prendono stanza,
per praticarci a noi una sozza mattanza:
se così si verifica, la ragione vulgata
è che i flutti qui ingenerano la venere insaziata:
ma, in remote contrade, si narra, usa una danza
di tale femminella che flette la sua panza:
quarta sirena, è l'ultima, serpentella rostrata,
che saltando ci castra con vagina dentata:

Giuseppe Varaldo

Sirenate

Rosalba

Tu spaccaballe indomita e zelante,
che ad ogni contromanifestazione,
a squarciagola e senza altoparlante,
ridenunciavi la vivisezione,
sapevi pure esser provocante,
stesa sul bagnasciuga al solleone,
con quel duepezzi *sexy* più che mai,
che in un nanosecondo ti levai.

Ma il trinciapolli o il mio cavastivali,
e il frigobar per i tiramisù,
or vuoi firmati o almeno non seriali,
da piccoloborghese sempre più,
né pensi a piattaforme sindacali
se mi equipari ad un portativù:
anche con stendipanni e scolapasta
sputasentenze sei però rimasta.

Pierpaola

Tu austera affittacamere anzianotta,
che a me – a un fuorisede – cucinavi,
oltre alle cappesante e all'acquacotta,
pescispada freschissimi e soavi,
e che una millefoglie molto ghiotta
per me sul centrotavola tagliavi,
non sembrasti né algida né stanca
quando ti presi sulla cassapanca.

Ma dacché col centerbe ti disseti
(a crepapelle ridere ti fa),
se attaccatutto son gli strozzapreti,
che uno sciacquabudella smuoverà,
e se con gli ossibuchi, pur discreti,
l'insulso granoturco male sta,
da sturalavandini è il panpepato,
che poi nel dormiveglia ho vomitato.

Maryann
(alias Marianna)

Tu, millantando madrelingua inglese,
ti vendevi per poche banconote
a un crocevia dell'Oltrepò pavese,
dove dalla mia vecchia quattroruote,
un'Alfasud *coupé*, quel finemese
vidi te, che da gran piantacarote
(anzi di più: da vera imbrogliacarte)
fingesti l'autostop per Castelmarte.

Ma in tutto il Norditalia spazi adesso:
da Buttapietra fino a Ventimiglia
nel tuo capiente tritacarne hai messo
tanti stimabili capifamiglia,
mentre a codesto calabrache fesso
– il sottoscritto –, che si meraviglia
d'esser quasi per te un appoggiapiedi,
solo col contagocce ti concedi.

Ritangela

Tu, con quel tuo benfare molto pio,
nel Padreterno e qui nel Biancofiore
di credere dicevi, mentre io
col Testarossa e la ventiquattrore
posavo a bellimbusto e a senzadio,
finché, non resistendo al batticuore
che quel retropensiero induce e avvia,
nel montacarichi ti feci mia.

Ma oggi che conosco a menadito
quell'agrodolce tuo da gattamorta
e il voltafaccia o il doppiogioco trito
con cui ti sei votata al gambastorta,
col paraocchi tolto o ripulito
la vanagloria mia più non sopporta
che una sì subdola spillaquattrini,
e allegra mangiasoldi, mi rovini.

Adalisa

Tu dopo un abile passaparola,
da brava vendifrottole suadente,
con l'ircogallo e un falsoscudo viola
(falso davvero!), pur nullatenente,
spacciasti te per nobildonna sola,
che io da gentiluomo deficiente,
nonché granduca e quindi parigrado,
volli aiutare… e subito ci cado.

Ma non discendi ohibò dai Malaspina,
né quintavolo tuo fu Castracani,
ché anzi per i tuoi *Salveregina*
non ricevesti mai un baciamani,
e in quanto rompiscatole burina
giudichi ferrivecchi snob e strani
– e li nascondi a me, tuo prendischiaffi –
il mio fermacravatta e il piegabaffi.

Chiarastella

Tu, che facevi allor la pornodiva
in un fotoromanzo *demodé*
(soltanto un francobollo ti copriva),
in reggiseno e calzamaglia *osé*
mostravi un girovita che irretiva
persino i posapiano come me:
tanto che un mezzodì sul lungofiume
sfidai avvinto a te la buoncostume.

Ma ormai la pappagorgia a mappamondo,
da barbagianni, e il tozzo fondoschiena,
e il bassoventre flaccido e infecondo
che nessun sanguecaldo più scatena
mi han condotto col buon Locorotondo,
e l'ammazzacaffè nel dopocena,
a un'alcoldipendenza duratura,
che uno strizzacervelli già mi cura.

Giorgio Weiss

La sirena Partenope

Probabilmente pesce, piccola piovra, polpo,
Attraversi affannata azzurri accattivanti,
Remigando raminga raggiungi rotte rare.
Taluno ti teorizza trabiccolo terrestre
Ed esterna elusivi ed esiziali esiti.
Nereide napoletana, *nullo nomine nata*,
Or ospitale ostello ombroso Ovo offre.
Partenope pagana, prima progenitrice,
Eternamente esprimi esoterici estri.

Glosse

Elena Addomine, *Le sirene: Partenope e le altre*
In musica, l'emiolia è la concomitanza di un tempo binario in un
tempo ternario. Per estensione, in questo componimento in ciascun
verso (dodecasillabo) la prima, quarta, settima e decima sillaba, lette
consecutivamente, producono i dodici nomi con i quali le figure
mitologiche delle Sirene sono più comunemente conosciute.

Anime GLAuche... O mostri FEtidi,
MEnadi Avide: GLAmour di Odi ma
PEsci maLEvoli! Ugole - COme di
SIbili A loro LIbito – GIÀ cantan
MOLli sosPEsi lai. PARlan di TEnui
NObili PElaghi, PIgri deSIi che si
NOmano Eros... Ma RAbide – IDdio sa! –
NEgre di TEnebre LEgan le TEste che
TEschi son. LEste, su SCOgli, imPEtrano.
TEmano LE voci SEriche: PEna e
IA(t)to batTELli vi SIglan. NOn osin com-
PEtere con SImili REgni di NEnie!

  1 AGLAOFEME
  2 AGLAOPE
  3 LEUCOSIA
  4 LIGIA
  5 MOLPE
  6 PARTENOPE
  7 PISINOE
  8 RAIDNE
  9 TELETE
10 TELESCOPE
11 TELESEPEIA
12 TELSIOPE
    SIRENE

*

Alessandra Berardi, *Il canto delle sirene*
s.i.g.

*

Anna Busetto Vicari, *La fine della Sirena*
La *contrainte*, insita nel titolo e semplicissima, è evidentemente un
serio ammonimento per tutti coloro che stanno troppo ad ascoltare
sé stessi.

Brunella Eruli, *Quel che c'è in una sirena*
Si tratta di un "logogrifo": i sostantivi e i nomi che appaiono nel
testo sono anagrammi parziali di 'sirena'.

*

Daniela Fabrizi, *Io sono* (incanto per onda sola)
In ogni riga del testo, la prima parola contiene una sola 'i'; la seconda
una sola 'o'; la terza una sola 's', a formare il nome 'Ios'. Inoltre, la
lettera sempre assente , la 'b', posta davanti al nome 'Ios', dà luogo
alla parola 'bios'.

*

Paolo Albani, *Sette variazioni sul canto notturno delle sirene*
Il testo cui s'ispirano le variazioni di questi canti notturni delle sirene
è il famoso *Fisches nachtgesang* (Canto notturno del pesce, 1905)
di Christian Morgenstern:

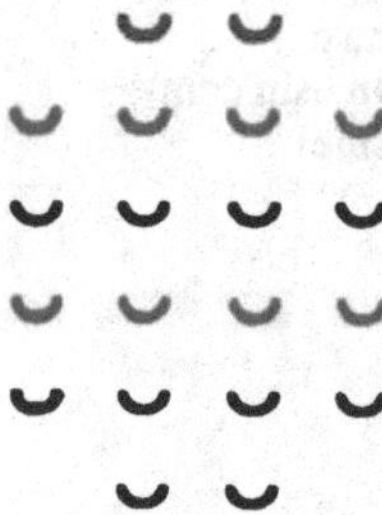

*

Raffaele Aragona, *canzone ansiosa: scorcio amoroso con sirene*
Si tratta di una libera traduzione dei versi finali di *The Love Song of
J. Alfred Prufrock*, di Thomas Stearns Eliot:
La "traduzione", condotta in versi martelliani, utilizza una particolare
struttura lipogrammatica, la *contrainte du prisonnier*: il detenuto,
nella propria cella, dispone di pochissima carta e quindi, dovrà
stringere al minimo l'interlinea, evitando tutte le lettere che
"sporgono" in basso o in alto (b, d, f, g, h, l, p, q, t) e utilizzando
soltanto le altre: a, c, e, i, m, n, o, r, s, u, v, z.

Ermanno Cavazzoni, *Sulla copulabilità della Sirena*
Si tratta di una "dislocazione semantica", per sostituzione di lemmi in
alcune voci ittiche (*anguilla* e *aringa* con *sirena*; *mangiare* con
copulare; e *carne* con *organo sessuale*) del *Dizionario di mercio-
logia* di Vittorio Villavecchia (Genova 1895).

*

Domenico D'Oria, *Da Trieste a Vieste*
La successione di vocali 'i', 'e', 'e' di 'sirene' si ripete in tutti i sostantivi del testo.

*

Sal Kierkia, *Desinere in piscem*
È ciò che succede alle Sirene, ma qualche improvvido studente ha tradotto con "desinare a pesce", vale a dire consumare un pasto di mare. Questo può anche capitare, ma non più alle Sirene, per le quali invece s'intende che al posto degli arti inferiori hanno il terminale di una coda a bipenne.

Diamo ora per supposto che le parole siano come canti di Sirene alle nostre orecchie e immaginiamo di sostituire una lettera con un'altra della parola o locuzione in esame: per capirci meglio, si scarta una lettera da un vocabolo e si mette al suo posto un'altra lettera dello stesso termine; così facendo la parola si riduce, perde un'unità, ma acquista nuova vitalità. Per esser ancor più chiari esemplifichiamo: da **pOesiA** ricaviamo **pAesi**, dove è messa via la **O** e al suo posto subentra la **A**. È un rimpiazzo che dà certe soddisfazioni, quasi come la mutazione morfologica delle Sirene, appunto: ed io per l'occasione mi son prestato al gioco, usando, per metterlo in evidenza, gli accorgimenti tipografici adottati nell'esempio.

- I raduni di Oulipo, Oplepo e *caprienigma* dovranno ricordarsi per secoli perché si posson dire *conVeGni con Geni*
- è curioso come una *mIscEla* italiana diventa una *"mEscla"* spagnola
- ancora in Spagna l'*ObesitÀ* può curarsi con un *"besitO"*
- si può ritenere che una donna con bella *CoScia* sia una buona *Socia*
- è vero che Dante dopo la *"viTa nova"* s'accorse "nel mezzo del cammin" che stava percorrendo una *via noTa* e non poteva perciò smarrirsi
- e, a proposito di *DanTe*, è facile dipingersi le sue *BolGe* o *Gole* infernali come *Tane*
- non puoi attingere tre *CanTiche* da due *Taniche*
- ella portava a spasso il suo *CorPo* eccitante sprizzando scintille da ogni *Poro*
- quando si dice "cadere dalle nuvole" si tratta di un *laPsuS laSsù*
- sarà una fortuna avere una *ForMosa Morosa*
- chi distese su marmo la prosperosa Paolina Bonaparte fu Antonio Canova, ma in una *CantiNa antiCa*
- ma chi mai spazzerà via i *MetalLi Letali* ?
- egli pensava di dover diffondere intorno preziosi *BalSami*: difatti vendeva porta a porta profumati *Salami*
- che faccio *SciOpero? ci Spero*
- l'alunno diligente commentò che Polifemo, pur accecato da un tronco ardente e dall'ira *scAgliÒ scOgli* contro Ulisse
- chi va avanti a *SpiNtoni* si serve di *piStoni*
- un poco socializzato sociologo ha spiegato che gli isolani torcono il muso per il turismo "mordi e fuggi" o "usa e getta" perché i *CaPresi* sono affetti da *Paresi* facciale
- uno scalatore mentecatto, di buon mattino, si era inerpicato su di un *FaragLione* per dimostrare che *La ragione* era dalla sua parte
- una *NoMina* val bene una *Moina*
- gli Stilnovisti non si accorsero in tempo che le loro *maDonNe* avevano certe *maNone*!

* se hai una pendenza, di *NorMa* poi la paghi con la *Mora*
* niente paura: se sei sul *laStRico* puoi evitare *l'aRtico*
* si sa che certi santi *marTiRi* lo furono perché *mariTi* di mogli esigenti
* si tornerà al *FasCino* del *Casinò*?
* che strano sentir gridare in una *ForeSta* il napoletano *"a Soreta"*
* domanderei che differenza c'è tra la lancia del *cEnturIone* e la fibbia di un *cInturone*
* puoi avere un *fAscio* di soldi, ma attento *al fisco*!
* si suppone che *SaNsone,* oltre che tanti capelli, avesse anche un *Nasone*
* vendere certa roba è uno *spAccIo* di *spicco*
* agli albori del cinema con "camera oscura" poteva intendersi *inTerNo in Nero*
* ci sono *GemeLle* anche tra *Le mele*
* bisogna dire che ha del *TaleNto a leTto*
* c'è sempre qualcuno che fa bere *CaLici* amari a tanti *Laici*
* l'ingenuo tratta con *GarBo* anche il *Baro*
* l'abuso del *cArpaccIO* si evince dai *cOrpacci*
* si comporta da *SatiRo* e non ne sa *la "Ratio"*
* si è accertato che una accorta *igIenE* salva anche *i genI*
* non si è ancora capito perché certi *vetErinAri* viaggiano su auto con *vetri nEri*
* chissà quanta *eNerGia* forniva, a suo tempo, la Ninfa *eGeria*
* molte *CarRiere* son dovute al portarsi dietro un *arCiere*
* dico che degli *AltarI* non può occuparsi *Il tar*
* più seriamente il fumatore pentito va a *cAccIa* di una *cIcca*
* per "nominata", come si dice, i *CalaBri* sono *alaCri* lavoratori
* non si sa che *cAcchIO* ci stiano a fare ancora i *cOcchi*
* mi sento *FeliCe* quando posso darmi alle *Celie*
* se hai qualche *frEgIo* mettilo *in frIgo*
* non è tra le più sozze *anOmalIe* dare a chicchessia dell'*anImale*
* al *VegLione* partecipò un'intera *Legione*
* poi ci fu una *mIschIA* tra i soliti *mAschi*
* che disdetta trovar tra le proprie *cAmicIe* qualche riposta *cimice* !
* vorrei sapere quale *aLteRnativa* ci sia per un'*aRte nativa*
* incominciava con l'andar in *fUnivIa* e lì *fIniva*
* si galleggia su di una sporca *SchiuMa* in quella casta *chiuSa*
* la maldicenza corre con la *lIngUa lUnga*
* la politica è tutto un *FalLimento* se manca *L'alimento*
* aveva assunto un *SerGente* di ferro il molle *Gerente*
* un noto *quotIdiAno* aveva raccolto, in un'inchiesta, una grossa *quotA di no*
* è uno strazio veder delle *cOppiE* in *cEppi*
* c'è gusto nel sapere quante *TroiE* assediano gli *Eroi*
* si consiglia frequentar la *SaCrestia* in tempo di *Carestia*
* ci sono *mEstIeri* segreti con tanti *mIsteri*
* ogni concorrente in gara o al gioco si finge la *viNciTa viciNa*
* se vuoi far luce sui *cReTini* non ti basta una fabbrica di *ceRini*
* l'incapiente recidivo ha un alibi: *NienTe Tiene*
* per false consulenze si ricorre a qualche *esPerTo esTero;*
* per adesso *L'inviTo T'invio:* poi si vedrà
* si vorrebbero i *deMoCrati* tutti *deCorati*
* solo un *FalSario* ha potuto sottrarti il *Salario*
* e i falsi *ProfeTi* son quelli a cui vanno tanti *Trofei*
* se una *RoNdine* non fa primavera, chi mette *oRdine* non fa l'estate
* minacciando *FuLmini* e saette si spengono tutti i *Lumini*
* in *caSerMa* ci si può stare se ci dànno la *caMera*
* l'inquilino è sempre in *coNfLitto coL fitto*
* domando al *TelefoNo: e le foTo?*
* faccio una scappata dalla *SardeGna* in Val *Gardena*
* che peccato parlar di *EmbriOne* gustando *Ombrine* ai ferri
* a proposito, queste sono *VicenDe Di cene*
* poi varrà dire a chi mi vuol zittire: *Ma cerTo, Tacerò*
* ma intanto bello, bello, bello *È irSene* fra le *Sirene*

e così via con una coda lunga e larga quanto più si vuole.

*

Edoardo Sanguineti, *ballatella delle sirenelle*
s.i.g.

*

Giuseppe Varaldo, *Sirenate*

Le *Sirenate* sono serenate anomale e rancorose, che un uomo di volta in volta diverso, ma costantemente amareggiato per via del disinganno, rivolge alla propria sirena di turno, la quale l'aveva inizialmente ammaliato e poi, rivelata la sua vera natura, deluso. Queste due successive fasi (ossia l'incanto e il disincanto, il prima e il dopo), con cui ho voluto esprimere in forma parodistica e scherzosa la seduttività funesta dei mostri omerici, sono rappresentate da altrettante ottave, invariabilmente introdotte da «Tu» la prima e da «Ma» la seconda. E siccome le Sirene sono esseri doppi (donna e uccello secondo la mitologia classica, donna e pesce secondo le rielaborazioni tarde del mito e nel comune sentire attuale), ho deciso di rendere tale duplicità adoperando come sostantivi esclusivamente nomi composti. Al di là di eventuali elisioni o troncamenti, ciascuno di questi nomi risulta così, al pari delle Sirene, perfettamente divisibile in due parti autonome: anche perché ho volutamente evitato sia i sostantivi a etimologia greca come *geografia* e *termometro*, sia i composti tripartiti come *messinscena* e *pomodoro*.

Tutte le triplette e le coppie di rime presenti nelle dodici ottave sono fra loro differenti, così come sono sempre diversi i nomi composti da me impiegati e persino ogni singolo spezzone in cui li si può sdoppiare. E tali nomi, anche quelli meno comuni o meno noti, sono tutti realmente esistenti e regolarmente registrati: il loro significato, proprio in virtù della particolare struttura linguistica, è comunque quasi sempre immediato o facilmente intuibile. Per i pochi casi dal significato meno scontato, segnalo che è detto «piantacarote» chi racconta abitualmente frottole, che il «gambastorta» è per antonomasia il diavolo e che nella sirenata per Adalisa «ircogallo» e «falsoscudo» sono due simboli araldici, evidentemente da lei utilizzati per fabbricarsi un finto stemma nobiliare, mentre il termine *«Salveregina»* allude al fatto che la donna, lungi dal poter vantare un antico lignaggio, è in realtà una trovatella cresciuta in brefotrofi e collegi religiosi. Ricordo ancora che «millefoglie», per lo più maschile, e «Testarossa» (una Ferrari, naturalmente), per lo più femminile, possono essere usati anche a generi invertiti, e che «Castelmarte» e «Buttapietra» sono due comuni italiani, rispettivamente in provincia di Como e di Verona. A proposito di nomi propri composti va detto che la loro etimologia, a differenza dei nomi comuni, non è sempre e necessariamente riconducibile alle due parti in cui si possono oggi scomporre: basti pensare alla parola «Ventimiglia», derivata dal toponimo latino *Albium Intemelium* (Città dei Liguri Intemelii) poi divenuto *Albintimilium*, quindi senza alcun originario riferimento né al numero venti né alle miglia.

Per correttezza, e anche per una sorta di *par condicio* sessuale, è giusto da ultimo ricordare che il giudizio di merito su queste odierne sirene, così come avvenne del resto pure per quelle del mito, è affidato unicamente al punto di vista maschile. Ma questi uomini sconsolati, così pronti a criticare e a lamentarsi, si rivelano deboli, pavidi, meschini, perennemente immaturi: non migliori, credo, delle loro vituperate sirene.

*

Giorgio Weiss, *La sirena Partenope*
Tautogramma multiplo con acrostico nel nome 'Partenope'.

www.ingramcontent.com/pod-product-compliance
Lightning Source LLC
LaVergne TN
LVHW031436170726
843492LV00010B/3036